LEI

DOUS POUTOUN

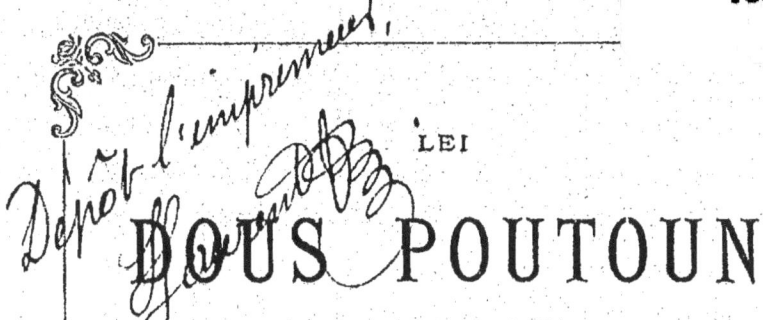

TABLÈU CAMPÈSTRE

AVEC TRADUCTION FRANÇAISE EN REGARD

par

F. MARTELLY

Poésie qui a obtenu le 1er Prix (Médaille d'Or) au Concours poétique provençal
de la ville de Toulon, le 26 avril 1873.

TOULON

IMPRIMERIE L. LAURENT, RUE NATIONALE, 49

1873

LEI

DOUS POUTOUN

TABLÈU CAMPÈSTRE

AVEC TRADUCTION FRANÇAISE EN REGARD

par

F. MARTELLY

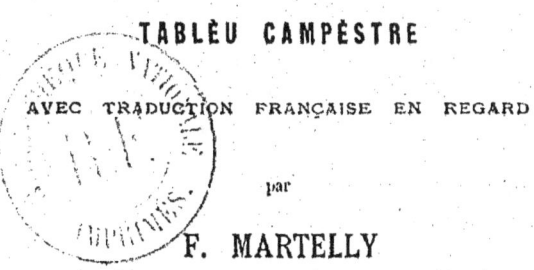

Pòèsie qui a obtenu le 1er Prix (Médaille d'Or) au Concours poétique provençal
de la ville de Toulon, le 26 avril 1873.

TOULON

IMPRIMERIE L. LAURENT, RUE NATIONALE, 49

1873

Le numéro 26, intitulé *Lei dous Pontoun*, comprenant les genres sérieux et léger à la fois est un morceau achevé d'une excellente facture où le naturel et l'art se marient ensemble et forment une union des mieux assorties. C'est une peinture réaliste dans le meilleur sens du mot : originalité dans le fond et la forme, inspiration heureuse, imagination riche et abondante, verve primesautière, contraste bien amené, fraîcheur de style, langage pur, sans affectation, imitation ou archaïsme, telles sont les qualités qui distinguent cette pièce remarquable.

Le merveilleux de la fin est un peu forcé; le dénoûment tourne à l'*ex-voto*, et le poète termine son idylle en faisant la chapelle.

(Extrait du rapport de la Commission d'examen du Concours
de la poésie provençale.)

A MA MOUIÉ

ASSEGURANÇO D'AMISTENÇO TERNALO

LEI DOUS POUTOUN

TABLÉU CAMPÈSTRE

PROUMIÉ POUTOUN

GALÉJADO

—

Cassavian ; fasiè caurinasso ;
Subran lou tambour dei limaço (1)
Amount rampello e restountis ;
Lou niéu boudenfle s'espoumpis,
Crèho, e largo sei resclauvado.
La chavano descaussanado
Dei couelo davalo à chivau,
E, leis ensarriado dei vau
Dins lou plan escampon sei rounfle ;
L'aigo desboundo sei regounfle :
Tout lou terraire es qu'uno mar.
  Nautre, voulian fa lei testard,
S'erian assousta souto un roure
Que tamiavo sus nouestei mourre
Leis espouscaduro dei niéu,
E, nous prenguè lou maugrabiéu,
Quand de noueste aubre cade branco,
Coumo uno fouent sènso restanco,
De sei giscle nous lagousset.

LES DEUX BAISERS

TABLEAUX CHAMPÊTRES

PREMIER BAISER

PLAISANTERIE

—

Nous chassions. — Il faisait une chaleur étouffante.
Soudain le *tambour des limaces* (?)
Bat le rappel et retentit.
Les nuages gonflés se saturent d'eau,
Crèvent, et déchaînent leurs cataractes.
L'orage sans frein
Se précipite du haut des collines,
Et les ravines des vallons
Répandent leurs ronflements dans la plaine.
Les eaux débordent à torrents ;
Toute terre n'est plus qu'une mer.
  Nous voulions nous obstiner
A rester assis sous un chêne
Qui tamisait sur nos visages
Les éclaboussures des nuées.
Mais, nous nous prîmes à maugréer,
Quand toutes les branches
Comme autant de fontaines sans intermittence
Nous inondèrent de leurs jets d'eau.

Pas luen, dessus lou rebausset
D'un serre, un mas nous fasié lego.
Sabian qu'en seguènt drecho régo,
Li turtarian dins dous cènt pas.
Landan, en trenquant lei campas
S'enfangan dedins lei mouliero,
Resquihan dessus leis argiero,
E, mourfi, las ni pau ni proun,
L'i arriban coumo d'anedoun !

  L'intran en fasènt la tirasso;
Avian de pèis pèr touto casso (II),
Mai dou rire s'espoutissian
En vesènt lou brindo qu'avian.
« — Diéu sus sic, ferian à Nourado,
« Vous demandan la retirado
« Dou tèms que s'espurgo lou niéu. »
Nourado que n'a rèn de siéu,
E qu'es dou mas la meinagiero,
Abro un fue coumo uno veiriero;
Furno e varaio tout l'oustau;
Nous carrejo un pan counsegau,
De figo, de nouio, de poumo,
Uno bresco de mèu, de toumo,
Un flasco d'oli de gavèu (III)
Bloundin coumo un rai de soulèu,
E nous va soumound tant galoio
Que v'agradan en touto joio.

  Entre-tèms, soun rèire Coulau
Fa tubeja soun cachimbau,
E, sus sa tèsto que trantraio
Boufo lou fum que s'esparpaio.

  Dido, sa maire, chaplo un tian,

Non loin de là, sur le rebord
D'un plateau, une ferme nous alléchait.
Nous savions qu'en marchant en droite ligne,
Nous y heurterions après avoir fait deux cents pas.
Nous courons à travers les champs incultes,
Nous embourbant dans les terres molles,
Glissons dans les argiles,
Et, moulus, brisés,
Nous y arrivons pareils à des canetons.
En entrant, nous traçons un sillon liquide ;
Toute notre chasse consistait en poisson (II),
Mais nous poufflions d'un fou rire,
En voyant notre tournure.
« — Dieu soit avec vous, fîmes-nous à Nourade (1),
« Nous vous demandons l'hospitalité
« Pendant que le nuage se dégonfle. »
Nourade, la fermière,
Qui n'a rien à elle,
Allume un vrai feu de verrerie,
Furète et fouille dans toute la maison,
Et nous apporte un pain de méteil ;
Des figues, des noix, des pommes,
Un gâteau de miel, du fromage frais ;
Un flacon d'huile de sarments (III),
Blonde comme un rayon de soleil
Et nous l'offre avec tant de bonne grâce
Que nous l'acceptons à cœur-joie.
Pendant ce temps, son aïeul Colas
Fume sa boufarde,
Et, au-dessus de sa tête branlante
Souffle la fumée qui floconne.
Marguerite, sa mère, hache un plat d'épinards,

E fa lou segne dou crestian
En cade uiau que l'emberlugo,
Piei, à soun claplun mai s'afugo.

    Tistoun, soun drole de quatre an,
Frisa coumo un pichoun sant Jan,
S'amago darrié la pastiero
Dre que nous ves : « — La meinagiero,
« Vène, li dis, fada que sies,
« Touca la menoto ci messies ! »

    Mai Tistoun gaire s'arrambavo ;
Chuchavo lou det, se gratavo.....
Enfin, veguerian soun mourroun !....
Caspi ! fourrié dous coussoudoun
Pèr li desbarnissa lei brego,
Èro envisca coumo uno pego
D'amouro, de raïn, de mèu ;
Soun nas tiravo lou castèu (IV) ! !
E sei gauto coulour de sùmi,
Tencho dou mourre de vendùmi (V),
S'escoundien souto aqueu barnis :
« — Vène cici, sa maire li dis,
« Que te fàrdi, laido mounino ! »
E, lou cabusso sus l'esquino,
Escupis sus soun moucadou,
Lou freto e lou rasclo à sadou,
Piei lou refresco d'escupigno,
E dis au pichot que reguigno :
« — Aro que sies propre, Tistoun,
« Ei messies vai faire un POUTOUN ! ! »

Et fait le signe de la croix.
Chaque fois qu'un éclair l'éblouit,
Puis elle s'escrime encore à son hachis.
   Tiston (2), son petit garçon âgé de quatre ans,
Frisé comme un petit saint Jean
Se tapit derrière le pétrin,
Dès qu'il nous voit la fermière lui dit :
« — Viens, gros bêta,
« Présenter ta petite main à ces messieurs. »
   Mais Tiston ne s'approchait guère.
Il suçait son doigt, se grattait !...
Enfin, nous vîmes son visage !
Certes ! il aurait fallu deux frottoirs de prêle
Pour débarbouiller son visage.
Il était comme englué d'une viscosité
De mûres, de raisins, de miel ;
Son nez reniflait sa morve (iv) ! !
Et ses joues couleur d'un sanguisuge,
Barbouillées comme un museau de vendangeur (v),
Disparaissaient sous ce vernis.
« — Viens ici, lui dit sa mère,
« Que je te farde, vilain singe. »
Et, elle le renverse sur le dos,
Crache sur son mouchoir,
Frotte et râcle l'enfant à même
Puis, elle le rince avec de la salive,
Et dit au moutard qui regimbe :
« — Maintenant que te voilà propre, Tiston,
« Va donner un baiser à ces messieurs ! ! »

SEGOUND POUTOUN

SOURNIERO E TRELUS

—

Tistounet plouro e fa risclo.
Sei gauto, doues poumo roujeto
Lei moucelarias! « — Vès, qu'es bèu,
« Tistoun! dis Nourado, sei pèu
« Soun de fièu d'or, pu fin encaro,
« Coumo es blanco e roso sa caro!
« Soun mas prefi cla, qu'es poulit!
« E se l'ausias soun parauli!
« Dirias un founfoni d'ourgueno,
« E soun uei blu que m'encadeno,
« Me parlo e dis : mamo, Tistoun
« De vieium sara toun bastoun!... »
    E Nourado, l'urouso maire,
Emé leis uei bevié, pecaire!
L'enfantounet, qu'avié plus pou,
E qu'aprouchavo en fen babou (VI)...
    Defouero, la chavano fouelo
S'encagno que-mai.... Tout tremouelo,
Bruse e craîno dins l'oustau
Ei cop d'un revès de mistrau.
Lou vènt que sèmpre s'escauféstro,
Siblo e gisclo eis esclo deis èstro (3).
E bramo, e rounflo l'aragan.
Refarnissian!... L'uiau subran
Treluse e lou tron peto e toumbo.
Soun long ressoun boumbo, reboumbo,
E barrulo au founs dou valoun (4).

DEUXIÈME BAISER

OMBRES ET CLARTÉS

—

Tiston pleure et fait risette.
Ses joues comme deux pommes rouges,
Vous les mangeriez. « — Regardez, qu'il est beau,
« Mon enfant ! dit Nourade ; ses cheveux
« Sont encore plus fins que des fils d'or !
« Comme sa figure est blanche et rose !
« Qu'il est joli son nez effilé !
« Et si vous entendiez son babil enfantin,
« Vous diriez que c'est une symphonie d'orgue.
« Et son œil d'azur qui m'enchaîne
« Me parle et me dit : Mère, Tiston
« Sera ton bâton de vieillesse !.... »
Et Nourade, l'heureuse mère,
Buvait avec les yeux, hélas !
Le jeune enfant qui n'a plus peur
Et qui s'approchait en tapinois.... (VI)
Au dehors, la tempête folle
Redouble de fureur...... Tout tremble,
Bruit et craque dans la ferme
Sous les coups d'une rafale de mistral.
Le vent qui toujours se courrouce,
Siffle et glisse aux fentes des fenêtres.
Il brame, il ronfle l'ouragan.
Nous frémissons ! — Tout à coup l'éclair
Brille, la foudre éclate et tombe.
Son long grondement bondit, rebondit
Et roule au fond de la vallée.

Ferian qu'un soulet crid : Tistoun!!
Uno serp de fuè qu'esblaujavo
E qu'en fusant beluguejavo
Venié d'envertouia l'enfant!
Erian esglaria d'espravan,
Au milan d'une tubassèio
Blueio e souprouo.... La chaminèio
S'èro abouseirado.... Lou fue
Amoussa.... Fasiè negro nue.
  Mai pamens, dins l'encro sourniero (VII)
Dardaiavo encaro uno estiero :
Èro lou cièrgi pietadous
Que lou crestian abro à ginous
Ei pèd de nouesto Boueno-Maire,
E que dou mau-tèms nous pou traire!
  Erian toutei pu mouert que viéu!
Nourado cridavo : « — Moun Diéu,
« Que malur! Tistoun? » Pauro fremo!
Se tirassavo! sei lagremo
E sei crid trencavon lou couer
Quand fasiè : Moun Tistoun es mouert!!

· · · · · · · · · · · · · · · · · · ·

· · · · · · · · · · · · · · · · · · ·

La chavano s'èro esvalado;
Lei vènt l'avien amoulounado
Peralin, darrié lei coulet;
Alenavo qu'un ventoulet;
L'arc-de-sedo eigavo soun cintre,
E lou soulèu, qu'es un grand pintre
Li tenchavo lei sèt coulour
Que foundudo ensèn fan lou jour.
  Dins lou mas tout èro un esglàri

Nous poussâmes un seul cri : Tiston !
Un serpent de feu éblouissant,
Lançant des étincelles fulgurantes,
Venait d'envelopper l'enfant !
Nous étions affolés d'épouvante,
Au sein d'un brouillard épais de fumée
Bleuâtre et sulfureuse.... La cheminée
S'était écroulée.... le feu
Éteint.... Il faisait nuit noire.
    Cependant une étoile scintillait (VII)
Encore dans les ténèbres :
C'était le cierge pieux
Que le chrétien allume, à genoux
Aux pieds de notre Bonne-Mère
Et qui peut nous préserver du mauvais temps.
    Nous étions tous plutôt morts que vifs !
Nourade s'écriait : « — Mon Dieu,
« Quel malheur ! Tiston ? » Pauvre femme !
Elle se roulait sur le sol. Ses larmes
Et ses cris perçaient le cœur,
Quand elle disait : Mon Tiston est mort !

. . . .
. . . .

    L'orage s'était dissipé ;
Les vents l'avaient amoncelé
Au loin, derrière les collines ;
Une brise légère soupirait seulement,
L'arc-en-ciel déployait sa ceinture soyeuse,
Et le soleil, le plus grand des peintres,
L'estompait des sept couleurs
Qui fondues ensemble forment la lumière.
    Un spectacle d'horreur emplissait la ferme

Semblavian dins un mourtuàri,
Fernissian; crian à noun plus.
   Enterin, dardaio un trelus
Qu'esbarlugo nouéstei parpello,
Piei s'ause, lindo e clarinello,
Uno voues d'angeloun que dis :
« — Santo Maire dou Paradis
« Que m'as engarda de l'auràgi,
« Fai me grand, subre-tout bèn sàgi,
« Fai qu'àmi bèn Jèsu, toun Fiéu!! »
   Miracle!!! La Maire de Diéu
En aquelo voues fè bouqueto,
E Jèsu traio de babeto
A Tistoun san, siauve e courous....
   Toumbèrian touteis à ginous
Quand veguerian la Viérgi-Maire
Dins seis bras, coumo s'èron fraire,
Barjoula Jèsu 'me Tistoun,
Embessouna dins un POUTOUN !

LOU FELIBRE DE LA VIOULETO.

Per ma fè, leis dous poutoun soun inedi ; es lou bèu proumié cop que lei traie à l'aureto felibrenco dei Jué Flourau.

   Entandoumen n'en douni vun, dou fin foun dou couer, au counquistaire de la medaio toulounenco.

LOU FELIBRE DE LA VIOULETO.

(Vèire lei noto eici darrié.)

Nous semblions dans un des antres de la mort,
Nous suffoquions, comme à notre dernière heure.
  Cependant, reluit un rayon
Éblouissant nos yeux
Puis on entend, limpide et claire,
La voix d'un petit ange qui dit :
« — Sainte Mère du Paradis,
« Toi qui m'as préservé de l'orage,
« Fais-moi grand et surtout bien sage,
« Fais que j'aime bien Jésus, ton Fils ! ! »
  Miracle ! ! ! La Mère de Dieu,
A cette voix se mit à sourire,
Et Jésus jeta de petits baisers
A Tiston, sain, sauf et gracieux.
  Nous tombâmes tous à genoux
Quand nous vîmes la Vierge-Mère
Dans ses bras, ainsi que s'ils étaient frères,
Bercer Jésus et Tiston, enlacés comme
Deux jumeaux, dans un même baiser.

LE FÉLIBRE DE LA VIOLETTE. (F. MARTELLY.)

Je jure sur ma foi, que les deux baisers sont inédits et que
c'est pour la première fois que je les confie à la brise poétique
des Jeux Floraux.
  En attendant, j'en donne un (de baiser) du fond du cœur au
vainqueur décoré de la médaille toulonnaise.

LE FÉLIBRE DE LA VIOLETTE.

(Voir les notes ci-après.)

NOTES

—

(I) Soudain les grondements du tonnerre roulent et retentissent au firmament.

> *Subran lou tambour dei limaço,*
> *Amount rampello e restountis...*

Littéralement : *Soudain le tambour des limaces,* expression provençale qui fait allusion au bruit du tonnerre. En effet au moment des orages on voit ces mollusques s'empresser de sortir de leurs retraites comme s'ils entendaient battre le *rappel.*

(II) Toute notre chasse consistait en poisson.

> *Avian de peis per toulo casso.*

Expression consacrée pour dire que quelqu'un a été fortement mouillé par la pluie : *Hé, venès dou peis?* Hé! vous venez du poisson? demande-t-on à ceux qui ont essuyé une averse.

(III) Un flacon d'huile de sarments.

> *Un flascou d'oli de gavèu.*

Oli de gavèu : Jus de la treille — vin.

(IV) Son nez reniflait sa morve.

> *Soun nas tiravo lou castèu.*

C'est l'expression provençale employée pour désigner l'aspiration de l'humeur visqueuse que nous recueillons précieusement dans un mouchoir.

(V) Barbouillées du museau de vendangeur.

> *Tencho dou mourre de vendùmi.*

Lou mourre de vendùmi signifie un visage barbouillé de moût du raisin. — On voit les vendangeurs chercher à se faire réciproquement *lou mourre de vendùmi* — plaisanterie ordinairement bien accueillie par les victimes.

(VI) S'approcher en tapinois, ne rend que bien imparfaitement la traduction de *faire babou* : cette locution ne peut se rendre que par une longue périphrase française : c'est l'action de quelqu'un qui se montre et se cache, tour à tour, pour ne se découvrir définitivement que peu à peu, à la suite de diverses apparitions plus ou moins intermittentes.

(VII) Scintillait encore une étoile.

Dardaiavo encaro uno estiero.

Dans la vallée du Luberon, où se passe la scène que nous retraçons, l'étoile s'appelle l'*estiero*.

Monsieur Luc de la Belle Étoile

Moussu Lu de la Bello Estiero.

————

(1) Nom provençal d'Honorine.

(2) Diminutif provençal de Jean-Baptiste.

(3) J'ai cru devoir marquer des *s* italiques dans les deux vers :

Lou vént que sèmpre s'escauféstro

Siblo et gisclo eis esclo deis éstro,

où j'ai essayé d'imiter le bruit du vent.

(4) J'ai souligné aussi les syllabes en *oun* :

Soun lou ressoun boumbo, reboumbo

E barrulo aü foun dou valoun.

Dans ces deux vers je me suis efforcé de faire de l'harmonie imitative.

Je supplie mes lecteurs de me pardonner cette prétention ainsi que la liberté des notes que je me suis permises en donnant les indications qui précèdent, et dont n'ont pas besoin, je le sais, les félibres provençaux.

www.ingramcontent.com/pod-product-compliance
Lightning Source LLC
Chambersburg PA
CBHW061742180626
46818CB00006B/2711